JN115653

歌集

朱雀の聲

Voice of Vermilion Bird

林和清

砂子屋書房

*目次

第五部

装本・倉本　修

歌集　朱雀の聲

すざくのこゑ

第一部

三月

新型コロナウイルス国内累計感染者数　２０２０／３／１　２４１人

病院街の病院ビルをはしごして失業の春ひと
日を充たす

どこへ行くどこへ行かうか失ふといふことの
梅散らずに凝（ここ）る

どこへ行くどこへも行くなムクドリのうるむ
声るるくだる時間を

キリスト教街宣車が来て「天国は近い」と説
きぬコロナ禍の道

「神と和解せよ」とマイクの割れ声が道を曳
く命まばらな道に

〝待つこと〟がまつりごとの語源ならなにを
今まさに待つてゐるのか

ゴミ映画『感染列島』を嘲ひしがもつと杜撰
な現実（うつつ）であつた
瀬々敬久監督

令和よ早く終れよ朝のモチノキの実がはろは
ろと風に零れる

海ゆかば海にしかばね山ゆかば山にもかばね
早や腐乱して

大王はどこにもゐないすでにゐないはじめか
らゐない終りにもゐない

あたらしい仏像怖し牛乳のやうに生なまとな
めらかな皮膚

そこに燃える火のありしことおもはせて焙じ茶を喫み焼餅を食む

ひとしきり春紅葉など愛でたあと〈返済猶予〉を申し出る人

とどめ刺すやうに遅れて雪降ると北極老人か
らとどいた手紙

にんげんの顔が半分になつたあと眼は人の目
に敵意をさぐる

コンビニの前通るたびわがマスクは煙のにほ
ひ長くとどめる

マスク外し鴨南蛮をひきよせる　〃来る人は来
る〃のひとりとなつて

何を見ても他人がうらやましく思ふ咲けばさくらの幹くろくなる

てのひらの窓にひろがる厄災をしばらく消してさくら見てゐる

さくら散る音ゆふやみの迫る音　目で聴くもののこの世に満ちて

あをじろく暮れてゆくのがこの季（とき）でさくらにひびく死者のかしは手

春分のつぎの満月のつぎの日曜日がイースタ
ーつまり昨日だ

夜になると家のなかにも牛が来て絨毯の毳（けば）な
どを舐め取る

傷口に蝶の舌挿しいれられてまた東京が遠く
なつたやう

いたるところにさくらが咲いて最悪の三月は
ゆく死の月がくる

四月

新型コロナウイルス国内累計感染者数　２０２０／４／１　２４３０人

『ペスト』読んでふいに思へり塚本が岡井に

Ｒｙｕ！　と呼びかけし書簡

生贄はことに大事にされることペストは女性
名詞であること

名の響きが人を脱力させてゆくコロナにして
もペストにしても

ＡＴＭに疎の列ができ鴉らはゴミから肉を引きだして騒ぐ

〝密〟でなく〝塊〟となり燥ぐ少女らのさくらは春の街のかさぶた

吹く風にまだ花びらのまじるころ梅田さへどんどん遠ざかりゆく

鈍刀の切り口は骨が見えてゐて公立中学は風の回廊

〈マスクは白以外禁止〉あらたしき校則がで
きいやしけ落花

麻の葉紋の伊達マスクして鴨川までの距離を
あるく雨の来ぬうち

すさみゆく洛中の街すさみゆく心のうちと同期させつつ

開いてる店閉ぢてゐる店もう二度と開かない店一度も開かなかつた店

そこに泳ぐ魚は水槽が見えるのか人には昼の
槽（ふね）が見えない

鳥が殖え蝶が殖えたり近隣のまなかひにもホ
ームレスが殖えて

黒豆炊くやうな眠りをホームレスのとろとろ
とろ火の昼の気配は

油揚げ一枚を購入して帰るもみぢマークの赤
いアウディ

『コンティジョン』を視るか視ないか感染の
危険度が変はる　やうな気がする

スティーブン・ソダーバーグ監督

みんなマクベス夫人となつて手を洗ふ夫人は
妄想われらは現実（うつつ）

一日がちぢまつてゆくちかちかと赤いのはカナメモチの生垣

毎日おなじ服着てすごすスーツでも仕事なら日日替へてゐたのに

もう午後四時かと思ったのは昨日のことといま
見れば時計は二時すぎ

多忙な日々はふたつ三つ峠がありいまはひと
日がゆるい下り坂

一生に使ひきれないほどのメモ帳を装丁し並
べしみじみ楽し

冷凍の鶏むね肉を調理しよう遠き日の死を水
にもどして

肺炎で死ぬのはあまりに苦しくて年一一〇〇
〇人苦(くる)し死(じ)にする

『変身』のラスト家族らは電車に乗り郊外へ
行く解き放たれて

五月

新型コロナウイルス国内累計感染者数　2020／5／1　14389人

届くたびコロナの歌が野火となりひろがつて
ゆく「塔」に「未来」に

布マスクほぼブリーフの質感と記録す〈晋三
記念館〉へ寄贈のため

マスク忘れて購入するまでの時間……非国民
感はんぱなかつた

非国民！　叫んだ人は敗け戦がしんそこ怖い
人だつたのだ

「慰安婦像なんか展示するんぢやないよバカ
ぢやないの」　喚く婦人電話代使つて

躑躅見て鴉とムクドリ黙視して夕暮へくだる
時間を沈む

失つた空腹もとめて歩いてゐる出口ばかりの
しづかな街を

神経のありやうなのか今日やたら目が怖がって傘の〝露先〟

中国人の曳き波すごき京都駅は列柱昏き神殿のひる

人に見えぬ草の実いくつついばみて雀らの跳ぶアスファルトの径

躑躅はなぜあんなに咲くか病院の敷地のへりをずいと囲んで

妻に来る宅配はたいていおほげさな箱に入つて異様に軽い

ずつとゐると妻の機嫌の満ち引きの潮目がわかる今日は小満

一生パソコンに触れず飛行機に乗らず母はみどりの明るい古墳

亡き父が他界でわれを思ひをる梅雨の晴間の日が射すその石

大海の水ひとすくひのやう歌を選る五月の午
後をまなこ荒らして

助詞を足し助動詞を引き語順替へやむなく歌
の小火（ぼや）消してしまふ

ネットフリックス製作の映画は責任をとらない体（てい）で唐突に終る

海外ドラマのなかに蜜柑をすこしづつ剝く男ゐて結局食はず

躑躅がしぼみひどく汚れたそのあとに梔子が
咲きまた汚れてしぼむ

本が鎖(さ)してゐた北窓をひさかたの風が通つた
埃が舞つた

「埃さへ陽に輝く」と馬鹿を言ふ自分を鎖し
てゐたものが見えて

いまはコロナに選ばれなかつたひとりとして
自粛生活いつたん終る

六月以降

新型コロナウイルス国内累計感染者数　2020／6／1　16643人

熊蟬の豪雨はじまる午前四時なかの一匹の蟬
の声する

ホットコーヒーなりし室温コーヒーを飲み干
してさあ品川に着く

旅といふには距離と何かが足りなくてウーバ
ーイーツまたすれちがふ

〝ぽえむ・ぱろうる〞何かのふくろ池袋そもそも池は何かのふくろ

体力は河骨の咲く沼のごと底が見えない底はあらうに

オンライン、オンデマンドが始まりてあつと
いふ間に干上がつた沼

もうすでに疲れたる目を落とす池に似鯉が泥
のけむりをあげる

猛暑だけど夏とはちがふ季を過ごし墨汁のやうな水の香を嗅ぐ

風聞のなかに重篤患者は居てのうぜんかづら赤い息する

蚊を打ちていくばくか赤き血の付く手また消
毒用アルコールを噴く

雨の木に黒猩々がのぞいてゐる予言は不吉な
はうが蔓延る

炎天の石垣ありてその陰の部分に動かぬ人の居りたり

死にましたが通夜も葬儀もいたしません——平らな昼と夜がつづけり

百日紅落花の路地を抜けてゆく不祝儀用黒のマスクを買ひに

レジ袋もらはずかばんの中へ持つ夕餉にいささか禽獣の肉

権力を去るひとがゐる死海ほどどろりと白眼
にごらせながら

速報が出たとき雲の白光を目に焼きつけた晩
夏のこの日

五人にひとりは軍国日本を理想とすこの車両
にゐるマスクの中にも

京都駅にホーム柵まだあらざるを人と車両の
間（ま）に時雨降る

秋と老いがないまぜになり降りてくるああ鈴懸はあんなに実れど

残り時間にどんどん薄くなる酸素　白髪の人らと茶会を終へて

夢の中で滅茶苦茶さみしい時がある草野を水が剖く地をゆき

インフルエンザウィルスを薄く射しし身に風を聴きをり尖りゆく風

封じたい口ほどマスクしてなくて樹々より漏
れる月のあをじろ

ちぐはぐな街よ眠れよ月よりも近い蜘蛛のや
うな火星が

眠りつづけるエネルギーが切れてしまひ午前
四時もう夜明は遠い

最悪はまだ先にある朝が来れば衄（はなぢ）のやうに株
価があがる

新型コロナウイルス国内累計感染者数　２０２０／12／31　２３６４６４人

第二部

杉原一司に逢ひにゆく

塚本邦雄ののこした活字のなかだけに生きて
ゐる人こころ尖らせ

鳥取県八頭（やづ）郡丹比（たんぴ）村といふ時空のそとのひび
きもつさかひ

単線は死者がゆられてゆく鉄路わたしひとり
が汗の身をもちて

「たんぴ」と書かれた無人の駅は復員の兵が
汚れて降り立つところ

塚本は確かにここへ来た杉原はここに生まれ
てここにて死にき

さうは思へど思へどしろい梅雨雲が降らずに垂れて稜線つないで

駅に近すぎ見逃すほどの一軒の杉原の文字指腹に触る

わが家にしげる沙羅がこの家にもある道路に
いくつ花を落として

僕は君以外の誰も懼れない。信じない。愛しない。『若き死者への手紙』
塚本邦雄

塚本の慟哭がいまも梅雨谷にこだまするやが
て活字だけになる

ほんたうに杉原一司はゐたのだらうか明朝体
のちさき鋭角

死者ふたりと別れ若桜線（わかざくらせん）に乗つて「塔」の砂
丘歌会へ行かう

後悔なき人から砂丘の砂になるさりさりと陽
に皮膚をさらして

砂丘に埋まつてゐた四体の白骨にはなしがお
よぶときあかきつき

二〇一九・秋・香港

スタバもセブンも封鎖される街区に着くホテルは地下ガレージから入る

催涙ガスは酢のにほひすることをしるワンブロック先のきれぎれの声

すでに遺書は書いてるといふこの都市でもつとも痩せたわかものの脚

黒いマスク黒いスキニージーンズのわかもの
が竹のバリケードを築く

雨で死ぬ風で死ぬデモで死ぬおそらく死ぬと
思はずに死ぬ

習近平（プーさん）が裸女をはべらせるビラが剝がされ貼られ剝がされのこる

いつか自分を殺（や）るかもしれぬ者たちの喉（のみど）をくだるファンタグレープ

パレードのラスト「米老鼠（ミッキー）」あらはれて騒乱
から数キロの月の真下

日本で購へば高価なトネリコ森と成りヴィク
トリアピークの木陰をつくる

上へ上へのぼればなにも見えなくなるメイド
が散歩させるボルゾイ

天上界にまた高層を重ねをり香港の格差は一
兆と一くらゐ

数千人のタガログ女性らが船を待つ酒飲みタ
バコ吸ひポーカーしながら

これだけのメイドがどこに雇はれてゐた超高
層は重力を曲げる

全力で香港を全うしてゐるのだデモ隊も客引
きも苦力も富豪も

香港の道はいつも濡れてゐる黒い靴あとがわ
が市へつづく

幼いころこの都市に「死にたいくらいにあこがれた」のは、なぜだったのか。クイズ番組の商品が「百万ドルの夜景の旅」だったからかもしれない。毎週、ブラウン管に映しだされるその都市の写真は、あまりにも美しく、昭和の子どもにとってあまりにも遠かった。長じてから、こんなに何度も訪れることになるとは、そのころ予想もしなかつた。

鵺は人肌

客席のひとつびとつを凍らせる黒い空気とシテがあらはる

黒い蔓が凶事のやうに禍しくて「見たら死ぬ」
と小さく声が出る

かう射られかう落ちてかう刺されたと九回刺
されたと鵺は言ふ

痛い痛い痛い痛い痛い痛い痛い痛い痛い殺さ
れて死にゆく過程

自らを刺した手つきをなんどでもなんどでも
鵺は死をくりかへす

殺された鵺の声聞け殺されたすべてのものが
吐く声を聞け

あんたかて殺されたことあるやろと鵺は言ふ
鵺は人肌をして

知つてます鵺を流した公園に鵺明神の祠もあります

鵺を入れたうつろ舟は未確認飛行物体（UFO）でありさうとしか見えぬ確たる形状（かたち）

こんな能は見てはいけないあちこちの皮膚が
裂け血が噴き出してくる

能面の裏は人体のうちがはのひりつく夜に抵
触してゐる

凶悪な空気とともにシテは去つたのかああま
だ橋懸りに佇つたまま

米人ひとり

猛暑のまま夏は老いゆくひぐらしが鳴いてな
んどか黙禱をして

八月六日

峠三吉、栗原貞子と読み継いでひとりの肥えた米人に遭ふ

ロひびく我等忘れじ米人のレスリー・リチャード・グレーヴスの名

ヒロシマ、ナガサキ……そのさきにまた片仮
名の都市を量産する計画（はかりごと）

いや真つ先にキョートが生まれた筈だつた蓮
池を風がひるがへしゐる

脂肪蓄へ白いシーツの上で死んだ米人ひとり
享年七十三

死んだものを殺しなほすすべあらず夕立がくるあの黒雲は

見つつ偲はな

血しぶきのつらつら椿にんげんがにんげん殺
すつらつら椿

つらつらに他人を殺すのみならずわが子を殺
すつらつら椿

おかあさんゆるしてゆるしてくださいと七歳
児が書くつらつら椿

七歳児の書きし言葉がつらつらにつらつら椿
落ち尽くさせる

咲いて死に落ちて死に踏まれ死につらつら椿
つらつらに死ぬ

きもむかふきもを外さず刺ししかばにんげん
は死ぬつらつら椿

ワンルームマンションといふ箱のなかにつら
つら椿はたりと落ちる

室外機からの熱風この風がひとくるはせるつらつら椿

新聞の束につらつら椿落つこの束にいくつひと殺しある

古紙回収されればひとはわすれゆくつらつら
椿果ててつらつら

君が代の

君が代の千代田八千代田あらたまの年にはじめて二重橋を渡る

百合鷗らしき鳥が旋回す阿呆らしいほど晴きつた空を

二重橋はいつ渡つたかしれぬままシステムのなか圧されて歩く

俊成は皇太后宮大夫、現在の皇宮警察みんないろじろ

警察とはややちがふ官らしい馬術、茶華道、和歌もたしなむ

帰るさは富士見櫓、蛤濠、桔梗門から娑婆へといづる

つきものが落ちたやうにあいまいな笑み浮かべ帰るビルの区域へ

日比谷といふ地名はあらずかつてここ鹿鳴館
の夢の痕跡

三菱地所のビルはスクウェア、曲線のフォル
ムもつ三井不動産のビル

正月のぬるい丸の内に居る明日には箱根駅伝が襲ふ

第三部

もう霧だけど

冬陽さす雲は気持のあるやうで海無し県をふたつ跨ぎぬ

ブルートゥースに流れる英語のリリックのかけらが左脳右脳をわたる

わが耳は冬をよろこぶ葉となりて旅さきに聞く「土三寒六（どさんかんろく）」

雪道にブレーキきしむ自転車をひんばいなな
く声と聞きつつ

義仲の墓ある膳所（ぜぜ）の冬枯れに馬のにほひが近
づいてくる

すべて失ふ日がくることを怯えつつ冬の日照雨のあをいあかるさ

老いた人も死んだ人もいつしよくた過去のひかりのなか瞑目す

林住期なんておほげさ北見ればば北山に虹たたせる時雨

転校した経験のないまま夜が更ける芭蕉にも実が成ればバナナか

どんな用があつたのかもう霧だけど「油日（あぶらひ）」
とふ駅に降り立つた脚

反日の列

あと三十回は遭ふことのない秋が来てそらの
むかうかすれる筋雲

出来た歌を忘れてしまひあてどなくヱノコロ
は秋の国を知る草

不眠の刻に探りあてたる怖(ふ)の種が秋風を呼ぶ
草の穂となる

街中で火葬されてる人を見たその夜の月のうすい土色

白曼珠沙華にふいをつかれてゐるころの服喪の家の夜にともる灯

よろこびの終りが来るよひたひたと雨の和音を聴いてゐた午後

タイトルが思ひ出せずにゐる曲の終りごろ急な奔流が来る

知らぬうちに反日の列に並んでゐた身のうら
がはを汗がつたはる

中国の脅威と軍備を煽る男をキツネとおもふ
狐に詫びつつ

待つだけ待つた嵯峨野線は「倒竹のために運
転見合せ」といふ

都は遠い

若きらの談笑を背で聞きながら蛸のからだの
一部を噛みをり

炎天の道に待ちゐしバスが来てバスのにほひ
のなかに入りゆく

ポケモンの雲の遠くの青空を透きゆくのみに
夏は終れり

変つたと痛感するとき時代なんて変はらぬと
思ひし自分に気づく

他者の体はすべて毒だといつからか思ひはじ
めぬ鯖雲の月

耳を病む目を病むどちら辛けれど麦の禾ただ
肌にさやりぬ

秋の夜のせうゆの味も濃くなりてむかしを話
す灯影のひとは

憎悪なく嫌悪ばかりですごす日々秋雨にずば
つと傘をひらいて

時雨かとおもへば終日降る雨で都は遠いと言
うて暮れゆく

母語と言ひ母国母音空母と言ひぐづぐづ灰色
の雲のやうな字

殺すなら殺せと言つて殺された人たち水面が
霙をすひて

疲れきつては出せない声もあることをきのふ
の雪がにじみこむ川

冬の組曲

米津玄師に「Lemon」を書かせた祖父といふ死
に人ひとり除夜を佇ちをり

二番では歌詞の主体が変はるらしいさう読まずとも苦さの果汁

まだ胸の痛むことだけ確かめてみぞれの路を帽子で帰る

夜に火を振る人の手が見えてくる二月にのびる天気図の線

朝のひかりに透かして見ればコーヒーの湯気は銀のひと粒ひと粒

抑圧されて自分は自分に出遭ふこと腕時計温
みゆくまでの冷え

東京に着けば真つ先に目がむかふ品川駅の枯
れた壁蔦

季節にはこの蔦さへも萌えること信じずにまた山手線へ

乗つてゐる電車が人を撥ねましたガラスが割れてわたしは遅刻

慶応病院にはさまれた道を歩く時間冬の組曲
組みたてながら

裸木も常盤木も冬に圧されつつけふ風花の赤
坂離宮

縦に見る観覧車はほぼ殺戮の道具のやうで赤く動けり

中国人の群のなかにもどりゆく京都駅の細部を確かめ

いい加減向きあふ時も来てるのにまだひひらぎは花を零せり

春になればなつたで滞る日日がありいくつか輪じみ残した卓に

冬の濃淡

鯖雲を染める夕陽に秋がゆくそろそろ死者も
腹の減るころ

死んでまで歌を詠むなよぽあぽあのすすきの
間から顔のぞかせて

冬至の昼をラビットアフタヌーンといふその
あと荒野に凍える兎

神がゐないことに気づいて呆然としたのち二個目のピザまんを食ふ

神がゐたらゐたで気が散る大木になつたかもしれぬ銀杏を炒る

鯨骨でつくられた橋見にゆかむ風花のやうな
鬱をはらつて

イルミナティ陰謀説を聞かされつつ梅が雪に
咲くのを見てゐる

人間の壊れたあとはなにになる枯芝のむかふ
の方に風立つ

法要以外会はぬ人たち笑まひつつ来る鈍色の
冬の濃淡

弥勒菩薩の身のうすいこと立春のあとにかならず寒波来ること

白梅のゆたりとした時間がいいよ祖母が逝ったのもそんな午前だ

死んだひとはいつまで死んでゐるのだらうか
雨みたいに髪濡らす雪

晩霜の道

ロヒンギャといふ名がからみつく薔薇垣に冬
枯れて痛い陽がさしてをり

ひどく重いひと日を曳いて歩いてゐた沈丁花
の香の聞こえる道を

来る季（とき）が扉をひらいてくれるだらう若さはい
つまで信じてゐたのか

若かつたからだけでなく辛かつたからだつた
のだ春を待つのは

眠りこけて溺れてしまふ魚のやうにぎこちな
く息してゐたあの日

踏みいれてざくざくと知る霜道を不意に不惑の幸とも思ふ

あの夜ふつとあなたが言ひかけたこといまならわかる晩霜（おそじも）の道

紅梅はつぶらつぶらに日曜の陽のまだのこる
心地をひらく

ああ春はこんなにほひだ吸ひこんですこし咳
きこむ夜の空気を

逢ふまへにもう遭つてゐた気がすると笹渡る
風がこんなにも薫る

冬の皺立つ

しんとした魚を飼つてゐる部屋に来て話した
りまた黙つたりした

ここに居ることの薄さのガラス戸に秋のつめたい指紋をのこす

ひどく冷える青いゆふぐれどこにゐていまなにをする雪村いづみ

夢で殺した人の氏名年齢を記憶してゐるわれ
といふ鉈（なた）

残酷といふ字を分解（ばら）す夕月が暮れて白さを濃
くする刻に

月のひたひ月のおとがひ月のほほ月はおのれ
の顔を知らずも

大きく枯れてゐたる欅の細枝が鳥のおもみで
たわたわとなる

メイリオのやうこそばゆくひひらぎの冬の小
花の散る路地にて

急な雨に傘を解けりいつもいつも自分は自分
に隠れて見えぬ

幼き日の低い記憶よ冬の陽に光るものだけ売る店のあり

頭ごなしに叱られた日の記憶など冬空の雲ぎんのぼろぼろ

冬至の日のぬるい電車の床材にスマホを落とす平つたい音

余力なく土日を生きる池の面に風触れてそこ冬の皺立つ

初雪にかざすてのひら世界よりなにを奪ひて
生きるわれらは

縁なしの井戸がぽかりとあいてゐる雪の野を
ゆくたれも還らず

第四部

鹿の年

遠く近くいくつもの寺よりひびきくる黄鐘調
はた盤渉調の

初音はアタリ、遠音はオシ、減衰のひびきは
オクリといふ鐘の音

祇園精舎の鐘は僧呂の死を告げるガラスの鐘
のひびきであつた

清水寺より観音光（くわんおんくわう）が立ちのぼる空いちまいの
なめらかな膜

遠くに見えるものは昔に住んでゐてむかうも
今のわれを見てゐる

鹿の年なければ角をふりたてて霧に鳴く雄の
声をおもひぬ

一年が去つてゆく空あらたしき年がはじまる
空ひきかへせない

やがて陽が山ぎはに光の曲線をひらきつつ来
るふたたび生きよ

母方の料亭では、正月料理の仕込み、配達などで年末は猛烈に忙しくなる。特に三十日の夜は、祭のよう。かつてうちで修業した職人たちも参集して、夜遅くまで出汁巻きを巻く。水に溶いた吉野葛と出汁と卵を合わせ、四角い銅の鍋でどんどん巻いてゆく。料理をつめた重箱を顧客の宅に届け、寒い外から帰ると、熱々の出汁巻きの切れ端を「ほらよ」とか言って食べさせてくれる。口に入れると出汁がしみ出て、えも言われぬ。生涯最高の美味とは、あれのことだったかな、となつかしく思い出す。記憶はみな年末年始の寒い京都の空気とともに存在するのである。

歩き煙草

生きながら身の腐りゆくにほひする梅田の地下やビルの死角に

歩き煙草の男ばかりの地区であるざんざらと
また春の風花

その家は観音びらきの戸があつた冬より寒い
春の記憶に

風呂に入れずすごす翌日なにものかに囚はれ
の身といふ思ひして

眼鏡かけると容赦なく見えてくるもの昨夜の
情事や人の余命や

世界の終りから数歩ひき返したところ意外にも鈍い水音がする

ことしのさくら

湖北なる目病みの寺の黒屋根に二月終りの雨がしみこむ

沈黙は言葉の隣に立つてゐるランタンの火を
時に揺らして

親は子を傷める権利を持つてる…か、みるみ
る鴉の声が聚まる

寛解（くわんかい）とは生理に刺さる言葉なり寒のもどりに
ちぢむはなびら

むずむずと蠢く文字の春の夜は『女神の見え
ざる手』など見継いで
ジョン・マッデン監督

新天皇も進路に迷ひし日日はあり氷雨に残る
ことしのさくら

元号の終りにおもふ天六（てんろく）の夜道を灯る酒場
「きのどく」

あららぐ

年ふればすべておぼろとおもひしが夏空に嵩
いっぱいの雲

まだ熱を帯びた体だこの年の烏丸半島うめつくす蓮

穂と帆と火（ほ）と秀（ほ）はみなおなじ源でありすつくと立つもの

浮御堂に船出のやうな風受けてあららぐ気圧
を触覚が知る

湖北より一散に来る黒雲が龍のにほひの雨滴
を放つ

いくつもの声にはじかれ見る虹の一本の濃さ
一本はゆるさ

昼酒のあとはゆふぐれ湖をかたむけてただ飲
み干す真水

花火見て夜空にのこる煙見て帰りの駅で病人
を見て

ぐにやぐにやのまま

夢に見たぐにやぐにやの人を目が覚めて捨て
にゆきたり山毛欅（ぶな）の根方に

捨てたあとふりかへればまだぐにやぐにやの
まま見てゐたりわが帰るさを

捨てたひとらが溜まつて困る一角の疎林やそ
こにいたる道ばた

アルバトロス

海をへだてて不穏の旗が振られゐる秋風が穂
を弄る朝にも

あたらしい紅萩を植ゑあさあさにととのへて
ゐる秋の序破急

四君子のひとつを隠君子といふ秋風はしるく
いたりしものを

自分は居るやうで居ないな片側に九月のなまこ壁がつづけり

うつかり歳を取つてしまつて萩の散る朝の路面に佇つこともある

そもそも時間て在るものなのか逆光にしろい
外車が来て止まる夕

流竄といふ鼠飼はうよ本拠地をはなから持た
ぬ流竄の鼠

アルバトロス！　アルバトロース！　もうここで頽れていい海がかたむく

第五部

夜を見る人

明治になるその直前、ひとつの悲しい御霊が都へ戻された。御霊の主は崇徳院。平成二十年三月、わたしは、その終焉の地へ、京都から旅立つた。時空をさかのぼる逆旅であつた。

雲雀の声が讃岐平野に降る降る降るさきがけて春が綴られてゆく

一度あがつた雲雀はかならず降りてくる巣からはすこし離れた土に

山を見ては「東山」と川を見ては「鴨川」と呼びたまひし崇徳

雲井御所の異形の蘇鉄伐られては人の胴の断面さらす

凍る夜を見つづける人はもうすでに半身が夜(よ)見(み)に浸されてゐる

保元の乱はわずか一夜で決着した。首謀者の藤原頼長は流れ矢にて死に、源為朝は伊豆大島へ、崇徳院は讃岐へと配流された。三百年ぶりに死刑が復活し、この世は修羅界と化す。

美しき母の血にまみれて生を受く劫初から夜が張りついてゐた

父院が叔父子(おぢご)と呼びて忌み嫌ふ理由を知つた
日はいつなのか

人生は始まつたときに終つてゐる――　おのが
目を抉りしエディプスは言ふ

雲井御所に隣りて綾家(あやけ)あることの黄(きい)な光ふる
讃岐の真昼

黄な光につながれてゐる過去である伸ばした
手がふと霞んで見える

白河院は愛人の璋子を孫の鳥羽院に入内させ、その後も関係をつづけた。そして生まれたのが崇徳だという。同じ璋子の腹から生まれた崇徳と後白河が争ったのが保元の乱。憎しみの連鎖。

綾家の姫と契りし崇徳　ふたり子を生せしが
刺客の影を招きつ

姫塚に皇女はねむる姫塚は季（き）の花にうづめつ
くされてゐる

菊塚に皇子はねむる菊塚はつみあげられた骨
でできてゐる

椀塚は崇徳が生活（たつき）せし残骸　刺客の影が水面をゆする

杜鵑（はととぎす）塚には頭蓋ふたつほどの石を祀りぬ二度とは啼かぬ

崇徳院は乱をおこした責を果たし、自らの後世をとぶらうため、五部大乗経を記し、都へ奉納される事を願う。しかし、保元の乱の勝ち組は、呪詛の恐れありとしてこれを拒否する。

つき返された五部大乗経この瞬間から「日本国の大魔縁」と化す

「皇を取つて民となし、民を皇となさん」と
いふ文字の血飛沫

嚙みきつた舌先の肉吐きすてて呪言を血もて
記し了んぬ

自らの血はすすつてもすすつても溢れ出す愛
悪がいつも還流するごと

これからはこのまま夜だ両眼は二度と光を見
ないのだ夜だ

爾来、髪を剃らず爪を切らず、憤怒の形相を緩めることなく世を呪いつづけた。崩御は長寛二年八月二十六日。遺体は火葬までの二十日間、泉に漬けられたが、少しも腐敗しなかった。

生きながら天狗になるといふ苦痛肉のうちに
はひしひしひびく

天狗といふ異形のものを昼の側にゐるものは
黒く蔑して来たのだ

コールタールのねばりつく闇その水に足さし
こんでそのままの鷺

柩をおいた瞬間におびただしき血が流れだした、ここが血の宮

なきがらをぶすぶす焼いた黒煙が地にとどまつた、ここが煙の宮

ゑんゐ、ゑんゐと呼ぶ声のしてふりあふぐ鳶、
鴉、蝙蝠みな闇の者

崇徳院を慕う円位こと西行法師は、白峯御陵に参拝する。現れた怨霊は、戦乱はみな朕の祟りだ、とさも痛快そうに語る。以後の凶事はすべて崇徳院のなす事だといわれた。

この世には春があり昼の陽が充ちる「地獄には地獄の誇りがある」

ダンテ「神曲」

血管が春陽のなかに伸びてゐる末まで赤い裸(ら)木(ぼく)のかへで

誰もみな白峯を頒ちもつてゐる気がつけば夜
を見つめる目見に

争ひがつづき敗者が生まれるたび白峯がまた
地図に殖えゆく

明治天皇は、戊辰戦争の敵方に崇徳院の怨霊が味方するのを恐れ、都へ御霊を呼び戻したのだという。日本の近代は、怨霊鎮めから始まったのだ。それは本当に鎮まったのか。

不穏の皇子

塚本邦雄の生地・近江五個荘（ごかしょう）には、川島皇子（かわしまのみこ）の塚がある。
村人は古くからその塚を守ってきた。故に塚本の字（あざな）がある。

私書箱の不意の封鎖があの乱の発端だつた茅（かや）
切（ぎ）れのゆび

大津皇子がぎりぎり追ひつめられてゐた謀反
の崖だ月は真つ赤だ

止まれば止み歩けばひびく沓音があつた二重
螺旋階段の裏

出遭はぬやう設計された螺旋階段に誰かゐた
のだ疾風（はやて）以外に

不比等（ふひと）といふ不遜な名前　彼の手には冷たく
ぬめる水掻きがある

朱鳥元年神無月三日大津皇子被死之時　鯉が
あぎとふ

あけびの実はめばおもほゆ縊死したる大津皇
子の咽喉（のど）の血の味

川島皇子の証言が大津を殺したと壁が廊下が
水がささやく

保身の皇子密告の皇子裏切りの皇子散らずに
黒さ増しゆくもみぢ

竹林は風の容れ物あるときは消えないままの
風聞容れて

老木の腕をしきりに撫でながら遠き死のこと
いふ冬の僧

川島皇子の古墳は飛鳥にある。しかし近江にもゆかりの塚があったのだ。
この皇子の裏切りの由来を塚本は知っていたのだろうか。

塚本！　この名以外ならなんでもいい！　口
癖だつたこれも記憶だ

『死に山』を読みつつ

平成元年二月二四日

いづれの御時にかといつか言はれさう雨踏み
しめてゐた黒い映像

紅白でシンディ・ローパーが暴れてたあれを
も御世のはじまりのこと

道の先を遠く歩いてゆく人の老いの足ど
り見ながら歩く

遠近のばらばらになつた過去がある岸の疎林
に陽が照り、翳る

世界一不気味な遭難事故

ソ連がいまも凍土してゐる『死に山』を読み
つつ雪の夜に降りてゆく

ページ繰るたび雪に掘り起こされる死体　九人誰もが靴を履いてない

初ロシア行きは一九九九年だつたそこらぢゆうソ連が貼りついてゐた

二度目のロシアは二〇〇八年わかものの腕は
タトゥで埋めつくされた

われらの手で縊りたるオウムの信徒たち　〃雪
隠かくし〃　の葉が煽る風

八つ手の別名

平昌（ピョンチャン）に住んでたと意外な人が言ふ夏は雨季だ
よ蚊が多いと言ふ

ほんものかさうでない煙草を吸ふ者ら疎らに
群れて宙を見てゐる

道長が詠めた夜から千年目の月が出て欠けて
今日のつごもり

曇天をずつと歩く老人の背に追ひついた
その顔を見た

京都人の底意地の底がわたしにはないのださんざ散るはさざんくわ

足のつかない海を泳いで渡りきる歌会終へてほうと息つく

《ディアトロフ峠事件》の真相

どこもかしこも白い『死に山』のページから栞紐
ひろふ血のやうな緋

読みきつたあと厄介な本である尾根よりブリ
ザード吹きすさぶ

消えた人はどこかにみんな集まつて夜を唄へり荻やすすきの

八白土星己亥平地木の年

昭和天皇百十八歳わが祖父は百八歳まだ老いつづけをり

モノクロに劣化しきつた風景の一部を咥へ飛ぶ冬の鳥

わが生の真中つらぬく平成の咽喉(のど)に刺さつたままの小骨が

自らの老いに自ら追ひついてそれでも歩く曇天の道

『春の夢』を見る人は『冬の旅』をするふたつのそれは同義語だから

二黒土星壬寅金箔金へもうすぐ暦は還りゆく
こと

あとがき

コロナ禍のさなか二〇二〇年に詠んだ歌を巻頭に、前歌集に収録しなかった二〇一〇年ころの歌を後半に置いて構成した第五歌集である。

砂子屋書房の田村雅之氏から「シリーズ令和三十六歌仙」へ参加のお誘いをいただいた。装丁の倉本修氏には第三歌集につづいて最高の衣装をこの一冊に賜ることができた。共に深謝する次第である。

耳に聞こえてくる朱雀の聲は、白秋を生きるわたしには、とうに過ぎ去った朱夏の響きであろうか。

この日々に短歌を詠むことの重さを身に負いながら、やがて来る玄冬に向かって歩んで行こう。

林　和清

朱雀の聲　林　和清歌集

二〇二一年三月二二日初版発行

著　者　林　和清

発行者　田村雅之

発行所　砂子屋書房
東京都千代田区内神田三—四—七（〒一〇一—〇〇四七）
電話　〇三—三二五六—四七〇八　振替　〇〇一三〇—二—九七六三一
URL　http://www.sunagoya.com

組　版　はあどわあく

印　刷　長野印刷商工株式会社

製　本　渋谷文泉閣